RENCONTRE

DU MAJOR-GÉNÉRAL

SIR HUDSON LOWE

AVEC M. LE BARON

EMMANUEL DE LAS CASES.

RENCONTRE

DU MAJOR GÉNÉRAL

SIR HUDSON LOWE

AVEC M. LE BARON

EMMANUEL DE LAS CASES;

SUIVIE

D'Anecdotes sur le major-général Lowe, recueillies par le docteur O'Méara, dernier chirurgien de Napoléon.

A PARIS,

CHEZ PLANCHER, LIBRAIRE,

QUAI SAINT-MICHEL, N°. 15.

1822.

PRÉFACE.

Un événement arrivé récemment en Angleterre a été honteusement défiguré. Des journaux français n'ont pas craint d'appeler le blâme public sur la conduite d'un fils qui voulut punir l'oppresseur de son père, et les devoirs qu'imposait la piété filiale ont éte nommés une action criminelle, et presque un attentat.

Un homme, dont le nom est condamné à une célébrité que personne n'enviera, le seul de sa nation, et peut-être de l'Univers entier, capable de remplir le déshonorant emploi qui lui fut confié, chargé de veiller sur celui que les Souverains, qu'il avait quelquefois traités en maître, condamnaient à expirer lentement sur un rocher désert, au milieu de l'Océan Atlantique; au lieu d'alléger, ainsi que le commandait l'humanité, les fers de son prisonnier, se plut à les faire peser sur lui avec une barbarie et des raffinemens de cruauté jusqu'alors sans exemple, et à exercer une tyrannie d'autant plus lâche, qu'il savait bien qu'elle serait impunie.

Parmi les moyens d'empoisonner les jours

d'un homme dont l'existence fera époque dans les annales du monde, le plus cruel que pût imaginer Hudson Lowe, fut de le séparer des compagnons volontaires de son infortune, de ces martyrs d'une héroïque fidélité, dont les soins attentifs adoucissaient les tourmens qu'il se plaisait à verser, sur une tête ornée longtemps d'une double couronne.

De ces hommes généreux, égaux en courage et en vertus, qui s'étaient liés aux destins de Napoléon, le plus nécessaire était M. le comte de Las Cases. Sa connaissance parfaite de la langue anglaise, rendait plus faciles et plus promptes les communications journalières que l'illustre prisonnier était dans l'obligation d'avoir avec les personnes chargées de veiller sur lui. M. de Las Cases fut en conséquence le prémier français sur qui tombèrent les coups du geolier de Ste-Hélène.

Enlevé brutalement de Longwood, enfermé longtemps dans une maison particulière, loin de ses compatriotes, il fut forcé d'aller chercher les fers qui l'attendaient au cap de Bonne-Esperance, sans pouvoir saluer d'un dernier adieu, celui à qui il avait consacré son existence.

M. Emmanuel de Las Cases, jeune encore, vit en frémissant, et sans pouvoir les repousser, les outrages dont on abreuvait son père; mais il grandit, et avec lui grandit le désir d'une juste vengeance. Il va chercher, et trouve à Londres, l'homme qui sut remplir un ministère odieux par des moyens plus odieux encore. Voulant le mettre dans la nécessité de demander lui-même une réparation, et de se montrer, au moins une fois, au champ d'honneur, il lui fait publiquement un de ces affronts qu'un homme de cœur ne pardonne jamais, et qui exigent une vengeance éclatante et prompte; mais l'âme de son ennemi ne sait point répondre à un semblable appel, et les tribunaux anglais ont vu avec étonnement, un chevalier de l'ordre du Bain, un Major général des armées britanniques, venir, l'épée au côté, leur demander de venger un honneur qu'il n'avait pas le courage de venger lui-même.

M. Emmanuel de Las Cases s'est montré digne de son père et du pays qui l'a vu naître; la France le compte avec orgueil au nombre de ses enfans, et nous le citerons aux nôtres comme le modèle des fils pieux et reconnaissans. Quant à son ennemi, déjà couvert d'ignominie par sa conduite à Sainte-Hélène, il eut, aux yeux de l'Europe entière, déshonoré le nom anglais, si des hommes qui le portent aussi, et qui rougissent du compatriotisme qui les unit à lui, ne l'eussent réhabilité, par la manière pleine de générosité, avec laquelle ils ont procuré, à M. de Las Cases fils, les moyens d'échapper aux attaques déloyales d'un ennemi, qui n'a point osé le regarder en face.

Tel est l'ascendant qu'exerce en tous lieux une âme courageuse, que l'action de M. de Las Cases a triomphé des préjugés nationaux, et a trouvé des approbateurs nombreux, même en Angleterre. Les journaux de l'opposition lui ont donné le tribut de louanges qu'elle mérite, et malgré les vaines clameurs des ennemis de tout ce qui a un caractère de grandeur et de courage, M. Emmanuel de Las Cases sera couvert en France, des applaudissemens de tous les fils et des bénédictions de tous les pères.

RENCONTRE

DU MAJOR GÉNÉRAL

SIR HUDSON LOWE

AVEC M. LE BARON

EMMANUEL DE LAS CASES.

Le Journal des Débats (1) du 29 octobre 1822, dans un article sous la rubrique de Londres, a cherché à donner la couleur d'une tentative d'assassinat à l'altercation qui a eu lieu entre M. Emmanuel de Las Cases, et le major-général sir Hudson Lowe, chevalier de l'ordre du Bain, ancien gouverneur de Sainte-Hélène. Nous croyons, dans l'intérêt de la vérité, devoir rétablir les faits tels qu'ils se sont

---

(1) Le général sir Hudson Lowe, qui était gouverneur de l'île Sainte-Hélène pendant la détention de Buonaparte, a été lâchement attaqué par deux assassins. Ces scélérats ont pris la fuite, mais on est sur leurs traces.

passés, en donnant une traduction fidèle des lettres écrites par M. de Las Cases, signées de lui, et que par conséquent on peut regarder comme authentiques. Ces lettres, qui ont paru dans les journaux avec quelques altérations, et que nous reproduisons ici dans toute leur exactitude, serviront de réponse à l'article insidieux du journal des Débats.

LETTRE DE M. DE LAS CASES.

Mon cher ami

Je pense qu'il vous sera agréable de savoir la vérité sur ce qui vient de m'arriver avec le major général sir Hudson Lowe.

Hier matin, je rencontrai sir Hudson Lowe à Padington Green, vers les neuf heures du matin, au moment où il sortait de chez lui pour monter en fiacre. Une courte altercation eut lieu, à la suite de laquelle je ne pus m'empêcher de le frapper avec une cravache que je tenais à la main allant, monter à cheval. Je lui offris à l'instant une carte, mais il la rejeta à terre sans vouloir la lire, et monta dans son fiacre. Je lui en présentai un seconde, puis une troisième, qu'il rejeta pareillement; sa servante, qui était sortie, avait ramassé les cartes, elle les rapporta dans la maison; sir Hudson Lowe avait ordonné à son fiacre de partir et je continuai mon chemin.

Peu de personnes connaissent les griefs que mon père et moi avons contre cet homme. A Sainte-Hélène, il nous arrêta avec les formes les plus brutales, tout-à-fait indignes de gens d'honneur; il nous garda pendant un mois au secret, nous traitant comme des criminels, j'étais alors fort malade, par suite du climat des tropiques. Les médecins représentaient que la seule chance de rétablissement qui me restât était d'être envoyé en Europe, dans mon climat natal. Mais cette mesure eût été contraire au secret dont sir H. Lowe voulait envelopper tous ses actes. Il demanda à M. O'Meara un rapport officiel sur l'état de ma santé, lui recommandant surtout de se rappeler en le fesant, « que la vie d'un jeune homme » homme n'était rien en comparaison du tort que » pourrait faire à son gouvernement ce qu'il dirait en » Europe ». M. O' Meara, qui s'est toujours conduit envers nous comme un homme d'honneur, fit le rapport selon sa conscience. Mais sir H. Lowe n'y eut aucun égard, il nous envoya mon père et moi au cap de Bonne-Espérance, où nous fumes gardés sept mois prisonniers, en consequence de ses instructions. Cette captivité, l'éloignement de sa famille, de ses amis, de sa patrie, les peines morales qui en ont été la suite, ont causé à mon père des infirmités qui l'accompagneront jusqu'au tombeau.

Après notre départ de Sainte-Hélène, sir H. Lowe employa tous les moyens que la calomnie peut fournir pour noircir le caractère de mon père et le rendre suspect à Napoléon et aux officiers de sa suite; il dit entre autre, en son mauvais français, au général Bertrand, que le comte de Las Cases lui avait avoué, que lui-même et les autres officiers français avaient fait tout leur possible pour le perdre (lui sir H. Lowe) dans l'esprit de l'illustre captif, et le faire voir par ce dernier, lui et tons ses actes, *par un voile de sang.* (1)

Lorsqu'il parlait de mon père après son départ de Sainte-Hélène, il ajoutait ordinairement à son nom les épithètes les plus grossières. Un homme d'honneur peut dire du mal d'un autre homme, même l'injurier; mais il le fait en face et non pendant son absence.

Je n'en finirais pas, si je vous détaillais les atrocités de cet homme et les griefs tout à fait personnels que j'ai contre lui; j'en suis encore révolté, en y pensant. Ce que je vous dis suffira sans doute pour vous faire approuver ma conduite. J'ai toujours pensé, et pense encore qu'un fils qui prend la cause d'un père qui a toujours été honoré, et qui se trouve affaibli par de longues souffrances, ne remplit que son devoir, et suit le chemin du strict honneur.

Je suis, etc.,

Signé, DE LAS CASES.

Londres, ce 23 octobre 1822.

---

(1) Sans doute : *à travers un voile de sang.*

MONSIEUR

Après ce qui s'est passé entre nous mardi, je m'attendais à recevoir un message de votre part : je vous préviens que toute lettre que vous m'enverrez à l'adresse écrite sur ma carte, me sera fidèlement remise. Si vous me donnez votre parole de vous conduire en homme d'honneur, je serai toujours prêt à aller vous rencontrer ; si, au contraire, vous avez re-ours aux voix judiciaires etcherchez à me faire arrê-er, je me croirai autorisé à quitter l'Angleterre.

Signé, Emma. DE LAS CASES.

Londres, ce 23 Octobre au soir 1822.

MONSIEUR,

D'après l'altercation qui a eu lieu entre nous ardi matin, devant votre maison, et à la suite de quelle je conviens que je vous ai manqué de la ma-ère la plus formelle, je pensais que vous m'en-erriez un appel. N'en voyant point venir, malgré e temps qui s'est écoulé, je retourne en France. e pense que, comme j'ai fait le voyage de Londres, ous pouvez bien faire celui de Paris ou d'Ostende, u de tout autre endroit de France ou de Belgique, ui pourra vous convenir, et où je serai toujours rêt à vous rencoutrer.

EM. DE LAS CASES.

26 octobre 1822.

Telle a été la conduite de M. le baron de Las Cases dans cette rencontre. Nous le demandons à tout homme qui se croira en état de juger des affaires pareilles. Y a-t-il rien qui ressemble à un assassinat, comme on l'a niaisement dit dans un journal français ? A-t-on jamais assassiné un homme avec une cravache ? Le traiter d'une manière aussi méprisante que sir Hudson Lowe l'a été, n'est-ce pas manifester l'intention de le provoquer, et de l'amener à une explication réglée par les lois de l'honneur, en usage dans tous les pays ?

Peut-être, dira-t-on, l'action de M. de Las Cases est d'un jeune homme ; oui, nous en convenons ; mais celle d'un jeune homme plein de bravoure ; qui, comptable à l'Univers de la gloire dont il s'est couvert avec son père, par un dévouement héroïque, n'a pas dû souffrir que les outrages dont on avait abreuvé l'auteur de ses jours restassent impunis.

Au reste, il a fallu qu'un évènement pareil se passât sous nos yeux, pour paraître vraisemblable. Nous refuserions de croire, si nous le lisions dans l'histoire, qu'un Major-général de l'armée anglaise, grade plus élevé que ne l'est en France celui de Lieutenant-général, ait recouru aux tribunaux de son pays, pour venger une injure que lui faisait publiquement un jeune Français de vingt-deux ans, et ait déshonoré une nation, dont le premier capitaine du siècle reconnaissait et proclamait la bravoure.

La conduite de sir Hudson Lowe va d'ailleurs recevoir sa récompense. Le Ministère anglais qui ne veut pas que les officiers généraux de l'armée reçoivent tranquillement des coups de cravache, et qui ne compte pas la résignation à supporter les insultes, au nombre des vertus militaires, a, dit-on, l'intention de lui ôter ses grades et lui retirer le commandement d'un régiment dont il fut fait colonel-propriétaire lors de son retour de Sainte-Hélène, et si on l'emploie désormais, ce sera sans doute dans des fonctions semblables à celles qu'il remplissait en 1806 à l'île de Capri. (1)

Les Anglais, tout sérieux qu'ils soient naturellement, font aussi des calembourgs. La dernière partie du nom de Lowe, ainsi écrite *Low*, signifie *bas, vil;* et l'on n'adresse plus une lettre à cet officier général sans supprimer, sur la suscription, la dernière lettre de son nom, ce qui fait un jeu de mots, que son Excellence supporte aussi patiemment, dit-on, que les coups de cravache.

---

(1) Voir *Napoléon en exil*, par le Docteur O' Meara, éd. de Plancher, 2e vol., 4e part., pag. 38. Prix 12 fr. et 15 fr. par la poste.

ANECDOTES
SUR
LE MAJOR-GÉNÉRAL
SIR HUDSON LOWE,
PAR BARRY E. O'MÉARA,
Dernier Chirurgien de Napoléon.

Les détails suivans pourront servir à donner une idée de la manière dont le lieutenant-général sir Hudson Lowe, K. C. B. etc., etc., fut pris pour dupe quand il avait le commandement d'une forteresse importante; ils me furent communiqués à Longwood par le maître d'hôtel, Cipriani, dont le nom était Franceschi, nom qu'il ne prit jamais à Sainte-Hélène, pour des raisons que nous verrons bientôt après.

En 1806, sir Hudson, alors le lieutenant-colonel Lowe, reçut le commandement de l'île de Capri, située dans la baie de Naples, et fut chargé *du service secret*, ou, pour parler plus clairement, *de l'espionage du continent*, au moins pour ce qui regardait la Méditerranée. Il recevait habituellement ses renseignemens de la ville de Naples, qui n'en est éloignée que de quelques milles. On les lui apportait ordinairement au moyen d'un bateau pêcheur, qui sortait de nuit sous prétexte de pêcher, et que commandait un nommé Antonio. Sir Hudson employait comme espion un Corse nommé Antoine Suzzarelli, homme d'esprit, et qui avait exercé la fonction d'avoué, profession que, dans sa jeunesse, il avait étudié avec Pozzo di Borgo, et Salicetti, alors ministre de la police du royaume de Naples. Suzzarelli avait été précédemment officier au service d'Angleterre. Maresca et Criscuolo, tous deux Napolitains, étaient aussi employés de la même manière, et Casseti, lieutenant-colonel des dragons napolitains, était chargé de surveiller Caroline, reine de Sicile. Suzzarelli resta fidèle à sir Hudson Lowe pendant environ vingt jours, savoir, depuis le 19 ou 20 janvier, jusqu'au 10 de février, époque où l'on saisit quelques-unes de ses dépêches, dans un batteau qui allait à Capri.

Suzzarelli rencontra dans une auberge Cipriani Franceschi, connu sous le seul nom de Franceschi, qui était alors au service confidentiel de Salicetti, dont on supposait qu'il était le fils naturel. En qualité de compatriote et de connaissance, Suzzarelli confia à Franceschi la nature de son emploi, et lui avoua aussi qu'il mettait en réserve une petite somme par mois, sur celle qu'il recevait du gouvernement anglais..... Cipriani lui proposa de continuer en apparence à fournir des informations au gouverneur de Capri, de recevoir son salaire, mais en même temps de tout communiquer à Salicetti et de suivre ses instructious, ajoutant que, dans ce cas, il obtiendrait un salaire double de celui qu'il recevait des Anglais; et il lui fit entendre que s'il refusait d'acquiescer à ces propositions, très-probablemant il serait découvert et fusillé dans deux ou trois semaines. Suzzarelli, qui n'était pas novice, profita aussitôt de l'avis, agréa la proposition et fut amené devant Salicetti. Les affaires furent réglées de maniére que toutes les fois que Suzzarelli recevait une dépêche de sir Hudson Lowe, elle était immédiatement portée à Salicetti dans l'état où elle se trouvait, et celui-ci, après l'avoir lue, dictait les réponses qu'il jugeait convenable d'y faire.

On permettait quelquefois à Suzzarelli de dire la vérité. Par exemple, lorsqu'il y avait beaucoup de troupes françaises à Naples, on lui donnait l'injonction de faire connaître à sir Hudson quel en était le nombre. Toutes les fois qu'il était question d'une affaire à laquelle Salicetti ne voulait pas qu'il répondît, il faisait arrêter le bateau, mettre les hommes en prison pendant quelques jours, et après leur avoir fait subir une espèce d'interrogatoire, on les relâchait. Cela donnait aussi à Suzzarelli un moyen d'exécuter ses talens et d'obtenir de sir Hudson beaucoup plus d'argent, parce que celui-ci croyait bonnement tout ce que son agent lui racontait des peines qu'il avait eues, des cadeaux et des démarches qu'il avait été obligé de faire pour sauver la vie de ces pauvres diables de pêcheurs, qui sans cela auraient été fusillés. De cette manière, tous les renseignemens qu'on fournissait au gouvernement anglais n'étaient que pour mieux atteindre le but de Salicetti et de Napoléon, excepté les nouvelles insignifiantes que sir Hudson Lowe pouvait tirer du maître de la barque et de ses fils, qui lui étaient fidèles, mais qui ignoraient tout ce qu'il y avait d'un peu important. Sir Hudson Lowe chargeait souvent Suzzarelli d'exécuter des commissions de la nature la plus difficile, et Salicetti ordonnait qu'il s'en acquittât avec la plus grande exactitude et célérité. Parmi les commissions dont Suzzarelli fut chargé, il s'agit un jour de se procurer quelques montres françaises, d'un prix élevé, pour la reine Caroline; des livres rares, pour sir Hudson, et tous les ouvrages nouveaux, particulièrement une copie de l'atlas de Las Cases (alors appelé de Le Sage), qu'il désirait beaucoup avoir.)

Cela fournissait à l'honnête Suzzarelli un autre moyen de gagner l'argent de sir Hudson; car quoiqu'il reçût de Salicetti l'ordre de fournir les articles de premier prix avec des frais raisonnables, afin d'éloigner tout soupçon, il ne manquait jamais de prendre cinquante et même cent pour cent de plus, sous divers prétextes. Il faisait enfin la contrebande très en grand; car sir Hudson payait souvent les articles qu'il recevait en marchandises anglaises ou en denrées coloniales, que Suzzarelli avait ensuite coutume de vendre à Naples avec un grand bénéfice.

Sir Hudson, dans sa finesse, avait recours à une manière singulière d'envoyer à Suzzarelli, à Criscuolo et à Maresca, les appointemens qu'il leur payait. Il avait coutume de nommer ce dernier dans la franchise de son cœur (*suo campione.*) Il faisait cuir, dans sa propre maison, de gros pains, dans lesquels il mettait lui-même l'argent, de peur que ses agens secrets ne fussent découverts par les espions de la police napolitaine. Ces pains paraissaient destinés à l'usage des bateliers, quand ils pêchaient la nuit. Aussitôt qu'on les avait débarqués, Suzzarelli les apportait à Salicetti, parce que ce dernier avait ordonné que toute espèce de correspondance lui fût d'abord communiquée. Au moyen de Snzzarelli, le gouvernement français apprit la destination réelle de l'armée commandée par le général Makensie Fraser, et de la flotte de sir J. Duckworth.

Suzzarelli s'offrit même à procurer à sir Hudson quelques soldats pour recruter le régiment corse qui était à Capri, et on lui en expédia réellement plusieurs, chargés de corrompre les étrangers sous ses ordres. Tandis qu'on méditait l'attaque de Capri, Suzzarelli eut l'art de persuader à sir Hudson Lowe que le but de l'expédition était la petite île de Ponza, pour la défense de laquelle on envoya la frégate anglaise *l'Embuscade*, et la plus grande partie des chaloupes canonières. Ainsi, le passage qui mène à Capri n'était défendu que par une force peu considérable. Pour donner à cette idée plus de probabilité, on mit un embargo sur tous les bâtimens qui étaient à Naples; mais quelques barques de pêcheurs, montées par des hommes au service de Salicetti, furent envoyées pendant la nuit, afin de rencontrer quelques-uns des bateaux de sir Hudson, et leur apprendre que l'expédition devait avoir lieu sur *Ponza*. Afin de brouiller le gouvernement et anglais sir

Hudson avec la reine Caroline, un Napolitain, nommé dom Antonio, était chargé de fabriquer des lettres, comme si elles venaient d'elle à Casetti ; tandis que d'autres lettres supposées de sir Hudson, forgées par un maître d'école anglais, qui demeurait alors à Naples, rapportaient confidentiellement que le but des Anglais était de faire sortir la famille royale de Sicile, et de l'envoyer, avec une pension, en Angleterre, afin de demeurer entièrement en possession de cette île. Les premières contenaient des plaintes portées par la reine contre sir Hudson, et des invectives contre lui et les Anglais. Ces intrigans, pour amuser Salicetti et se créer un passe-temps à eux-mêmes, avaient coutume de faire naître des différends entre sir Hudson et le prince de Canosa, qni commandait à Ponzsa, au moyen de lettres supposées, dans lesquelles ils étaient maltraités tous les deux, et qu'ils faisaient tomber dans les mains l'un de l'autre. Ils s'assemblaient ordinairement la nuit pour se réjouir, boire et se moquer de leur dupe, sir Hudson, dont ils portaient la santé par dérision, tandis qu'au milieu de leur débauche ils inventaient de nouveaux moyens de le tromper. Souvent Salicetti lui-même allait entendre leurs plans et en rire.

Dans le courant de 1807 ou 1808, Suzzarelli devait aller à Vienne pour une mission dont l'avait chargé Salicetti, et il résolut de faire payer à sir Hudson Low les frais de son voyage. Le principal objet de cette mission était de sonder l'ambassadeur anglais et Pozzo di Borgo, qui étaient alors à Vienne. Suzzarelli alla trouver sir Hudson Lowe, à qui il persuada qu'il pourrait se procurer à Vienne des renseignemens de la plns grande importance. Il en obtint six mille francs pour ses frais de route et des lettres de recommandation très-pressantes. Il se rendit ensuite à Vienne chez l'ambassadeur anglais, duquel il tira des renseignemens très-importans. Il reçut aussi de lui des ordres qu furent donnés à d'autres agens et à d'autres officiers qui demeuraient sur le continent. Il ne réussit pas auprès de Pozzo di Borgo. Le rusé Corse ne put croire qu'il lui fût psssible de tromper Salicetti comme il prétendait le faire. Suzzarelli, afin de gaguer la confiance de Bozzo di Borgo, se vantait de son influence sur Salicetti, en disant : *Io faccio intendere a Salicetti tutto cio che voglio* (1), je fais croire à Salicetti tout ce que je veux. — *A me tu conti questo?* (est-ce bien à moi que tu contes cela?) répliqua Pozzo di Borgo. Toute la ruse de Suzzarelli ne put tirer de lui un seul secret, quoique la lettre de recommandation que lui avait donnée sir Hudson Lowe le représentât comme un homme à qui on pouvait placer son entière confiance, et que, dans le passeport qu'il reçut ensuite de l'ambassadeur anglais, on le nommât monsieur le baron Suzzarelli. A son retour à Naples, Salicetti lui demanda, *Ebbene cosa hai tirato du Pozzo di Borgo!*

Ah! répliqua Suzzarelli en levant les épaules : *Dui birbi insieme non si guadagna niente* (deux rusés ensemble ne peuvent rien l'un contre l'autre). il dit ensuite à Salicetti que Pozzo di Borgo lui faisait ses complimens. Salicetti répondit : Snzzarelli, je sais que tu m'as déjà fait bien des mensonges; mais voilà le plus grand qui soit jamais sorti de ta bouche accoutumée à mentir. Je connais bien Pozzo di Borgo, c'est moi qui l'ai fait chasser et proscrire de son pays; en sorte que, si on l'eût pris en France, comme c'était mon intention, on l'aurait fusillé. Pense-tu donc qu'un homme aussi fier que Pozzo di Borgo, et un corse par-dessus le marché, voulût faire faire des complimeus à celui qui a envers lui des torts aussi grands? Personne, à moins d'être le plus bas et le plus vil des hommes, ne serait capable d'un tel procédé, et je connais trop bien Pozzo di Borgo, qui est le plus

(1) L'italien, dans cette histoire, est donné dans le style de Cipriani, qui généralemsnt ne parlait pas la langue la plus pure et la plus correcte.

tier des hommes. Dans le fait, Suzzarelli avoua ensuite que cette politesse était de son invention (1).

Suzzarelli avait un jour persuadé à sir Hudson Lowe de venir à Naples, et lui avait dit qu'il le trouverait dans une petite maison appartenant à Maresca et située sur la baie. Salicetti devait s'y rendre déguisé ; mais il était résolu de ne pas le faire arrêter, parce qu'il pensait qu'il lui serait difficile de trouver un gouverneur aussi facile à tromper que celui-ci, et que d'ailleurs ceci l'aurait empêché de tirer de nouveaux services de Suzzarelli. *Vorrei vedere questo colonello tuo* dit Salicetti *fammelo vedere. Un uomo prio lasciarsi in gannare per qualche mesi, ma di liasciarsi coglionare a questo segno per tanti anni bisogna essere ben bestia.* (Je voudrais bien voir ton colonel ; fais-le-moi voir. Un homme peut bien se laisser tromper quelques mois ; mais il faut être d'une grande stupidité, pour l'être ainsi pendant tant d'années.) — Oh ! répliqua Suzzarelli avec un air de gravité : *non e tanto bestia bestia, è talento mio.* (Il n'est pas si sot ; c'est mon habileté qui fait cela.) cependant Lowe changea d'inteution.

Murat désirait s'emparer de toutes les marchandises anglaises, qui étaient en assez grande quantité à Naples, où elles passaient pour venir de l'Amérique ; mais ne voulant pas, en même temps, se brouiller avec les Américains, il se servit de Suzzarelli pour trouver un moyen de distinguer les marchandises vraiment américaines de

(1) Après la mort de Salicetti, Suzzarelli avoua qu'il n'était parveuu à le tromper qu'une seule fois, et cela, pas même entièrement ; car Salicetti, en lui donnant de l'argent pour les frais de son voyage, de Vienne, lui dit qu'il ne le donnait pas pour les services qu'il avait rendus au public, parce qu'il croyait que la plus grande partie des choses qu'il lui avait ditee matériellement fausses ; mais par la raison qu'il savait qu'il fallait bieu qu'il employât quelques moyens pou. gagner de l'argent, afin de faire exister sa famille.

celles qui ne l'étaient pas. Suzzarelli alla trouver sir Hudson Lowe, à qui il persuada qu'il serait dans le cas de rendre des services essentiels au gouvernement anglais, s'il possédait le moyen de distinguer des passeports américains les faux passeports anglais. Sir Hudson lui en donna deux, l'un vraiment américain et l'autre anglais et contrefait. Il lui fit voir que la différence existait dans le timbre. Dans le passeport américain, les lettres initiales, quoique les mêmes, étaient placées un peu au-dessous. Muni de ces renseignemens, Suzzarelli revint à Naples, et dans le commencement de 1810 on fit une saisie générale des bâtimens par ordre de Murat : tous ceux que l'on trouva munis des passeports anglais dont nous venons de parler, furent confisqués. Tant que Salicetti vécut, on en confisqua peu, parce que celui-ci voulait maintenir Suzzarelli dans la faveur de Lowe. Ce fut au moyen de l'argent que produisirent ces confiscations de marchandises et de navires, que le roi Joachim équipa et paya l'expédition dirigée en 1811 contre la Sicile. Salicetti, au moyen de la Duchesse de C***, avec laquelle il avait des relations, était instruit de presque tout ce qui se passait à la cour de Palerme. La duchesse était fille de la princesse C***, épouse de l'ambassadeur de Sicile à ***, et placée près de la reine Caroline, dont elle avait la confiance. Son mari lui écrivait tout ce qui se passait à la cour de ***. Elle haïssait les Français, et Salicetti prétendait être républicain et détester le parti français. Elle établit une correspondance avec sa mère, qui l'instruisait de tout ce qui se passait, et elle recevait de Salicetti mille écus par mois pour les communications qu'elle lui faisait.

En 1807 ou 1808, un capitaine napolitain, nommé Mosca, fut envoyé de Capri par ***, pour assassiner Joseph, frère de Napoléon, alors roi de Naples. Afin de l'exciter à cet acte, *** lui donna une boucle de ses cheveux et une lettre écrite de sa main, par laquelle on lui promettait de le faire colonel aussitôt qu'il aurait mis son projet à exécution. Outre cela, il reçut de la princesse V** T*** une lettre dans laquelle on lui spécifiait tout ce qu'il avait à faire pour débarrasser le pays de l'usurpateur, et on lui donnait l'assurance qu'on remplirait scrupuleusement tous les engagemens qui avaient été pris avec lui (1). Muni de tous les passeports nécessaires, il quitta donc Capri dans une felouque. L'un de ces passeports, qui était signé par un officier anglais, contenait des instructions, par lesquelles on requérait toutes les autorités de cette nation de donner secours et assistance au porteur qui allait en mission secrète.

Il débarqua à Molino, près d'une maison de campagne de Joseph, et son intention était de l'assassiner pendant qu'il serait à se promener dans le jardin. Tandis qu'il était à épier le moment favorable de frapper, il rencontra une jeune fille dont la vue lui causa une vive impression, et à laquelle il offrit quelques pièces d'or pour qu'elle consentît à l'écouter. Comme il vit qu'il ne pouvait pas réussir par cette voie-là, il chercha à la séduire par des moyens plus élevés, et commit l'imprudence de lui dire qu'il était chargé d'un grand projet, et que, si elle voulait consentir à ce qu'il désirait, il en ferait une dame du plus haut parage. La jeune fille fut alarmée; ni la vue de l'or, ni les promesses qu'on lui faisait, ne purent la rassurer et la déterminer à rien accorder de ce qu'on lui demandait.

On donna des avis à la police, plusieurs agens se rendirent aussitôt sur les lieux. Deux des associés de Mosca furent tués, et lui-même fut arrêté, après avoir fait une résistance désespérée. On produisit devant la commission militaire les lettres, la boucle de cheveux et les armes qu'on avait trouvées sur lui; la jeune fille vint aussi en té-

(1) J'ai vu ces deux lettres et les passeports en originaux, depuis mon retour de Sainte-Hélène.

moignage. Mosca dit, pour sa défense, qu'il n'était venu que dans l'intention de se jeter aux pieds du roi Joseph, de solliciter son pardon et la permission de rentrer à Naples. Cependant, après sa condamnation, il avoua ses véritables projets : il mourut avec beaucoup de fermeté, et refusa de découvrir les noms de ses complices. Quelque temps après, on envoya un apothicaire napolitain, nommé Gherardi, ou Visconti, et ses deux fils, pour assassiner Salicetti. Cet homme vint d'abord à Ponza, d'où il se rendit à Capri, et de Capri à Naples, où il débarqua pendant la nuit, portant avec lui une espèce de *cataraman*, de la forme d'une tente de bâtiment. Il fit si bien qu'on lui permit l'entrée de la maison de Salicetti, et même qu'on lui loua, sous les escaliers, une chambre, dont il fit une petite boutique d'apothicaire, dans laquelle il plaça une machine infernale. Salicetti, qui était allé à une partie de plaisir chez la princesse ***, ne revint dans son palais qu'à minuit ou une heure du matin. Il descendit lestement de voiture, et, selon sa coutume, il monta les escaliers avec une grande vitesse : cela lui sauva la vie ; car la machine de l'incendiaire, à laquelle le feu avait été mis quelques secondes trop tard, n'éclata que lorsqu'il eut traversé quatre pieces de son appartement : Cipriani était avec lui au moment de l'explosion. Environ trente chambres s'écroulèrent entièrement, ou furent très endommagées, et le palais n'offrait presque plus qu'un monceau de décombres. Une des filles de Salicetti, la duchesse actuelle de *** (1), fut ensevelie sous les ruines de l'édifice, où elle demeura pendant quelques heures : ce fut Cipriani qui, par les gémissemens qu'il entendit, découvrit qu'elle n'était pas morte. Tandis qu'il suivait la direction de la voix, le plancher s'enfonça sous ses pieds, et il tomba dans la chambre au-dessous, mais

(1) Cette dame est encore vivante et demeure à Naples. Je l'ai vue en 1819, et j'ai conversé avec sa sœur à Rome.

heureusement sans éprouver aucun mal, et par-là il se trouva près de la personue souffrante. On appela, et après bien des peines, on parvint à tirer de dessous les ruines cette jeune dame, à demi morte; quelques-uns des soliveaux s'étaient formés en croix, au-dessus de sa tête, ce qui fut cause qu'elle conserva la vie. Ghérardi et ses fils furent arrêtés et jugés; les fils furent fusillés, mais le père, à cause de son grand âge, fut condamné à un emprisonnement perpétuel.

Immédiatement après cet événement, sir Hudson Lowe écrivit une lettre à Salicetti, pour l'assurer qu'il était tout à fait étranger à cet attentat, et qu'il le détestait sincèrement, quelqu'en fut l'auteur.

Salicetti soupçonnait le tambourg-major du régiment de Vajro, alors à Naples, d'être un agent de la reine Caroline, et il employa Suzzarelli pour s'en assurer. En conséquence Suzzarelli, qui connaissait très-bien le tambour-major, saisit une occasion de lui parler, un jour qu'il se promenait et paraissait très-mécontent. Il commença par se déchaîner contre la tyrannie sous laquelle gémissaient les Napolitains, et à dire que ce serait un grand bonheur pour lui de pouvoir sortir d'un lieu où personne n'était sur de sa vie, et lui fit entendre que son intention était de s'échapper aussitôt qu'il pourrait le faire saus courir le risque d'être arrêté par la police, qui pourrait fort bien le faire fusiller, chose qu'il redoutait infiniment. Le pauvre tambour-major fit bientôt chorus avec lui, professa son dégoût pour le gouvernement actuel, son attachement à celui de Caroline, et finit par déclarer qu'il voulait aussi s'en aller le plus promptement possible. Sur cela, Suzzarelli lui proposa d'engager vingt ou trente soldats de son régiment à entrer, soit au service de Caroline, soit à celui de la Grande-Bretagne, et lui dit de leur faire signer une déclaration formelle de leur intention; ensuite il lui fit un don de deux cents écus pour réussir dans son plan, lui promettant que, dès qu'il aurait pu réunir ce nombre d'hommes, il leur procurerait à tous un moyen de transport pour l'île de Capri. Le tambour-major sonda ses amis du régiment, et employa tous ses efforts pour les engager à entrer dans son projet; mais il ne put en déterminer que dix ou douze, encore étaient-ils si ignorans, qu'ils ne savaient ni lire, ni écrire, et qu'il fut obligé d'écrire leurs noms lui-même avec ceux de ses deux fils. Il alla ensuite trouver Suzzarelli comme ils en étaient convenus, lui apprit quelle avait été sa réussite, et lui fit voir la liste des noms. Suzzarelli en fit part à Salicetti, et le pria d'attendre qu'il eût réuni un plus grand nombre de victimes. Salicetti s'y refusa, en disant que la police devait employer toutes sortes de moyens pour découvrir les traitres, mais non pas encourager ni déterminer personne à le devenir; que son devoir, au contraire, était d'étouffer dans son origine toute tentative semblable. Le tambour-major et ses associés furent arrêtés sur le champ. On trouva sur lui le fatal papier, et peu de temps après il fut pendu avec ses deux fils et quelques autres.

Suzzarelli se tint caché pendant quelques jours, puis il alla voir la veuve du malheureux tambour-major, à qui il dit que son mari avait été près d'occasionner sa ruine, qu'il était venu auprès de lui pour aviser au moyen de sortir de Naples, et qu'il lui avait promis, par pure amitié, de lui procurer les moyens de passer à Capri; mais que tout avait été découvert; qu'on l'avait pris, jeté dans un cachot, et qu'il aurait été pendu comme les autres, si, heureusement pour lui, il ne s'était trouvé dans les bureaux de Salicetti un de ses compatriotes, qui s'était intéressé en sa faveur et avait travaillé à lui sauver la vie. Il dit cela avec tant d'apparence de vérité, que la pauvre femme le crut bonnement, le regarda comme un bienfaiteur, et par la suite, quand elle se trouvait dans la peine, elle avait coutume de s'adresser à lui et de lui demander de temps en temps quelques écus. Deux ou trois jours après cette abominable scène, Cipriani dit àSuzzarelli : « Quel scélérat (mécréant) es-tu, Suzzarelli ! comment peux-tu apaiser les cris de ta conscience qui te reproche la mort de ces malheureux pendus par suite de ton astuce? » — « Bah, répliqua Suzzarelli, *sonno porci napolitannacci* (ce sont de vilains pourceaux napolitains). »

En 1809, Salicetti, désirant savoir quand arriverait en Sicile le paquebot anglais, employa Suzzarelli. En conséquence Suzzarelli écrivit au colonel Lowe, et lui dit que, comme les dernières nouvellesqu'on avait reçues d'Angleterre, etaient très-fâcheuses et avaitent jeté le découragement parmi les partisans des Anglais, qui y ajoutaient foi; quemême ceux qui n'y croyaient pas entièrement, craignaient qu'il ne fût arrivé quelque événement sinistre; il l'engageait à lui communiquer sur-le-champ ce qu'il pourrait avoir appris de nouveau, afin de releverle courage abattu de leur parti. Sir HudsonLowe repondit qu'il était très-porté à employer tous les moyens possibles pour soutenir les sentimens loyaux des fidèles sujet du roi Ferdinand, mais que dans ce moment il n'avait pas de nouvelles authentiques; que cependant il était certain que, sous peu de jours, il arriverait un paquebot d'Angleterre, et qu'alors il aurait soin de lui faire parvenir tout ce qui pourrait être favorable. Aussitôt que Suzzarelli eut reçu ces renseignemens et les eut transmis à Salicetti, on expédia le corsaire l'*Ardito*, avec la commission de croiser sur les côtes de la Sardaigne. Après quelques jours d'attente, il attaqua et prit le paquebot anglais, qui se nommait, à ce que je crois, *le Succès*. La malle fut jetée par dessus le bord navire, mais, dans la précipitation, elle resta suspendue à une amarre, et les hommes du corsaire français firent un tel feu de mousqueterie, que l'équidage du paquebot n'osa pas en approcher pour la couper, et de cette manière elle tomba dans leurs mains. On trouva parmi les dépêches des ordres relatifs à une attaque projetée contre Corfou, avec quelques lettres de l'amirauté, relatives au blocus de cette île. Cipriani dit que ce paquebot était commandé par un jeune homme d'environ vingt ans, et monté par à-peu-prés quatorze hommes.

Suzarelli extorquait de grosses sommes d'argent du colonel Lowe, sous divers prétextes, tels uue pour inemniser ses agens de leur empaisonnement, pour des présens qu'il prétendait avoir faits à la police pour empêcher qu'il ne fût lui-même arrêté. C'était un homme immoral et vicieux, mai rempli de talens, et imposant par ses dehors et par ses manières. Quelquefois il eesayait de tromper Selicetti par des contes merveilleux et par des projets de nouelle invention, dont le but était de se faire donner de l'argent. Salicetti avait coutume de dire dans ces sortes d'occasions : *Va a far credere questo al colonello tuo, ehe è un coglione, a me non puçri, cheti comesco* (1). Ne peux-tu pas dire tout de suito que tu as besoin d'argent ?

Suzzarelli, dans le but de brouiller le gouveruement anglais avec le gouvernement Sicilien, fabriqua une lettre dans laquelle il imita l'écriture de sir Hudson Lowe. Dans le cours d'une conversation avec Casetti, Suzzarelli lui dit que la reine Caroline faisait le diable en Sicile, et qu'elle cherchait à détruire tous les Anglais. Cela excita la curiosité de Casetti, qui fit plusieurs questions à Suzzarelli. Celui-ci, après bien des difficultés, répliqua qu'il avait une lettre du colonel qui contenait ces détails. Cazetti demanda avec beaucoup d'empressement à la voir. Suzzarelli se fit encore longtemps prier, et lui permit enfin d'en prendre lecture. Dans cette lettre, on traitait les Napolitains de misérables, sans foi et sans honneur ; on conseillait à Suzzarelli de s'en méfier ; on assurait que la reine Caroline avait formé un complot d'assassiner tous les Anglais en Sicile ; que les barons étaient tout prêts à courir, les armes à la main, et à

(1) Vas faire croire cala à ton imbécile de colonel, cela ne passera pas avec moi, qui te connais.

les massacrer ou à les chasser de l'île. Il termina par déclarer qu'en conséquence de cette découverte, le gouvernement anglais avait résolu de s'emparer de la personne de la reine, et de placer la Sicile sous sa protection. Casetti demanda instamment la permission de garder la lettre, ce que Suzzarelli refusa; mais il lui en donna copie, en promettant qu'il réfléchirait s'il n'y avait pas d'inconvénient à lui laisser l'original. Il alla ensuite trouver Salicetti, auquel il rapporta que Casetti avait mordu à l'hameçon. Afin de ne négliger aucune précaution, Salicetti pria Suzzarelli d'envoyer chercher le maître d'école anglais à leur service, qui contrefaisait parfaitement les écritures, afin d'examiner si celle du colonel avait été bien imitée par Suzzarelli. Après l'avoir examinée, celui-ci déclara qu'il croyait qu'on découvrirait la fraude. On lui ordonna donc de copier la lettre, et il imita si parfaitement l'écriture de sir Hudson Lowe, que ce dernier y fut par la suite trompé lui-même.

Le lendemain, Suzzarelli la donna à Casetti, en l'exhortant de ne la montrer ni de la perdre, et en assurant que sa vie en dépendait. Casetti s'empressa aussitôt de se rendre à Palerme, et la présenta à la reine. Cette princesse, furieuse, envoya chercher John Stuart, qui était alors à Palerme, lui présenta la lettre contrefaite, et insista pour que l'on infligeât une punition exemplaire au colonel Lowe, qui avait osé compromettre son nom de cette manière. Sir John Stuart envoya sur-le-champ, pour éclaircir cette affaire, chercher le colonel Lowe. Lor squ'on lui fit voir la lettre, il fut obligé de reconnaître que c'était son écriture, tant elle était bien imitée; mais il déclara qu'il ne croyait pas avoir jamais écrit rien de semblable, et qu'il ne pouvait pas non plus trouver aucune trace de cette lettre dans son registre de correspondance. Dans le temps que Suzzarelli forgeait cette lettre, la police envoya à dessein quelque sbateaux, qui s'emparèrent de celui du colonel, venant de Capri. Le lendemain, Suzzarelli écrivit au colonel pour lui apprendre que son bateau avait été saisi, et qu'il ignorait quelles dépêches il lui avait envoyées, puisqu'elles étaient toutes tombées dans les mains de la police.

On employait ordinairement Maresca pour se rendre auprès du colonel dans le bateau d'Antonio. Sir Hudson appelait ordinairement Suzzarelli et Maresca *sui campioni* (ses champions). Maresca avait deux fils, qui, avec Antonio, le batelier et ses fils, étaient fidèles à sir Hudson Lowe. Vers le milieu de 1809, sir Hudson Lowe commença à soupçonner Suzzarelli; celui ci se rendit effrontément à Capri. où il employa son éloquence avec tant d'efficacité, qu'il convainquit sir Hudson de sa droiture, le persuada qu'il était l'homme auquel il devait avoir le plus de confiance, et qu'il était entièrement dévoué à son service. A son retour, Suzzarelli alla trouver Salicetti, et lui rapporta toute la conversation qui avait eu lieu entre eux, en l'assaisonnant de plusieurs traits satiriques dirigés contre le pauvre colonel. Quand Salicetti voulait se soulager du tracas des affaires et s'amuser un moment, il avait coutume de faire venir Suzzarelli; celui-ci, qui avait beaucoup d'esprit, l'egayait aux dépens de la bonhomie du colonel, qui se laissait tromper aussi grossièrement.

On forma divers plans, pour décider le prince de Canosa à débarquer sur la côte de Naples; mais heureusement pour lui, il ne voulut acquiescer à aucun; car s'il l'eût fait, les mesures étaient si bien prises, qu'il eût été arrêté et fusillé dans les vingt-quatre heures. Tandis que Suzzarelli continuait ainsi ses oppérations, il arriva de la police de Paris une lettre qui contenait en substance, qu'on avait appris qu'un certain Suzzarelli, émigré corse, aux gages de l'Angleterre, était employé à Naples comme espion pour les Anglais, et l'on priait Salicetti de le faire arrêter et juger par une commission militaire, et faire exécuter la sentence dans les vingt-quatre heures. Salicetti envoya chercher Suzzarelli, lui remit la lettre en main propre, en l'engageant à la lire.

Puis il écrivit à la police de Paris, pour lui faire connaître la nature des relations de Suzzarelli avec sir Hudson Lowe, affirmant qu'un tel homme était un trésor pour lui. Suzzarelli était trop adroit pour ne pas profiter de l'avantage que lui donnait cet incident. Il s'en servit pour soutirer de nouvelles sommes de sir Hudson Lowe, sous le prétexte qu'il avait été forcé de faire de grands cadeaux à quelques membres de le police; et ajoutant que si ce n'eût été à cause de Franceschi (1), son ami et son compatriote, au service de Salicetti, qui avait beaucoup d'influence, il aurait été infailliblement arrêté et fusillé.

On fit prévenir Salicetti que Casetti avait l'intention de le poignarder. Quoique Salicetti n'ajoutât pas foi à cette assertion, il résolut cependant de prendre quelques précautions. En conséquence, un soir que Casetti se présenta, on se saisit de lui et on le fouilla soigneusement. Cependant on ne put rien trouver qui pût justifier une telle mesure. Après l'avoir soumis à cette épreuve, on lui donna la permission d'entrer, et alors il se plaignit hautement de l'indigne traitement qu'on lui avait fait. Salicetti fit semblant d'être dans une entière ignorance de ce fait, et affecta le plus grand étonnement. Il fit venir l'officier de gendarmerie, et d'un air fâché il lui demanda comment il avait osé se conduire ainsi envers un homme d'honneur comme Casetti (2).

L'officier, qui savait à quoi s'en tenir, prétendit qu'il y avait une méprise, et par ordre de Salicetti, il fit beaucoup d'excuse à *l'homme d'honneur*. « Je vis, dit Casetti,

(1) Ce fut la raison pour laqoelle Cipriani n'avait jamais pris le nom de Franceschi à Sainte-Hélène.

(2) Casetti avait le rang de lieutenant-colonel dans l'armée de Joachim, comme dans celle de la reine Caroline.

qui, tout roué qu'il était, fut cependant pris pour dupe,» le feu sortir des yeux de Salicetti, tant il était indigné de l'indigne traitement auquel j'avais été exposé.

Suzzarelli, pendant qu'il était en Sicile, eut un entretien avec un des Ronco, capitaine de brigands, sous les ordres d'un certain Piccioli, natif de Cheti, et qui était au service de ***. Ces partisans avaient l'habitude de débarquer dans la Calabre et d'y commettre des déprédations. Piccioli, ennuyé d'être au service de ***, et désirant faire quelque chose d'assez important pour lui mériter son pardon et obtenir du service de Murat, offrit, par l'entremise de Ronco, de faire débarquer sa troupe, de nuit, et sur un point de la Calabre dont on conviendrait, et de la livrer entre les mains de la justice napolitaine. Suzzarelli en parla à Salicetti, et proposa d'envoyer un bâtiment pour la passer de Sicile en Calabre, sous le prétexte de débarquer sur quelque point où elle trouverait l'occasion de faire quelque riche butin. Il espérait, au moyen de Ronco, de faire réussir ce plan; mais Salicetti, qui doutait du courage personnel de Suzzarelli, lui dit qu'il était plus habile à faire des propositions et former des projets, que propre à en exécuter un de la nature de celui dont il était question; et il le renvoya. Un certain Spadaccini était présent lorsque cette proposition fut faite; c'était un Napolitain, avoué de profession et espion secret de l'intérieur, au service de Salicetti. Il était, en apparence, attaché à l'ancien ordre de choses; et afin de mieux tromper les partisans de la famille exilée, il se fit arrêter et jeter en prison par ordre de Salicetti. Il y fut retenu, comme suspect, pendant quatre mois, et traité, en apparence, avec beaucoup de rigueur; mais le fait est qu'on lui permettait de faire ce qu'il voulait, et que toutes les nuits il était libre de sortir, deguisé, de sa prison, et d'aller se divertir avec d'autres agens secrets, ses confrères. C'était un homme hardi, résolu, et que son courage rendait capable d'exécuter toute espèce d'entreprise hasardause. Il revint le soir chez Salicetti, à qui il dit que le projet proposé par Suzzarelli était un projet *de paille*, et qu'il était la seule persenne qui pût le faire réussir, étant intimement lié avec Piccioli, puisqu'ils avaient été élevés ensemble au collége, et qu'ils demeuraient à côté l'un de l'autre. Salicetti lui promit six mille écus, en cas de succès; mais il déclara que, s'il ne réussissait pas, non-seulement il ne donnerait rien, mais encore qu'il lui retirerait la permission dont il jouissait alors; ajoutant qu'il ne lui avancerait pas d'argent, mais qu'il ferait mettre six compagnies de gendarmerie corse sous ses ordres. Spadaccini accepta sur-le-champ cette offre et se rendit à Pescara, d'où il envoya un messager à Piccioli, qui était alors à Rocoli.

A l'arrivée de Piccioli, ils eurent ensemble une longue conférence, dans laquelle ils arrangèrent leurs plans diaboliques. Quelques jours après, Piccioli débarqua dans le golfe de Tarente, avec sa troupe, consistant en soixante-dix à quatre-vingts vagabonds, tous *gente di riputazione*, qui s'étaient signalés par leurs vols et leurs assasinats le long des côtes, et qui étaient la terreur du royaume de Naples. Ces misérables s'avancèrent dans les montagnes, et dans leur route ils enlevèrent une escorte et le montant de trois mois de contributions du district, qu'elle conduisait au trésor royal. Dans les Abbruzes, Piccioli les engagea, de nuit, dans un défilé, et sous prétexte de reconnaître la route, ce traître se porta en avant. Les Gendarmes étaient en embuscade le long des arbres; et aussitôt que Piccioli fut arrivé à une certaine distance, il se joignit à eux. Alors il commencèrent a faire feu sur les brigands trompés, et les massacrèrent tous jusqu'au dernier. Certainement ils avaient mérité la mort; mais la conduite de leur chef n'en est pas moins infâme. Après cet exploit, Spadaccini et Piccioli revinrent à Naples, où le premier reçut la récompense de son entreprise, et le dernier son pardon. Cependant Salicetti regarda l'action que venait de commettre ce Paccioli, comme étant d'une nature si noire et si atroce, qu'il ne voulut ni le voir ni permettre qu'on l'employât.

Vers la fin d'octobre 1808, le roi Joachim, trouvant que l'occupation de Capri, par les Anglais, causait un très-grand dommage au commerce de sa capitale, et alarmé des projets d'assasinat formés par des personnes qui venaient de cette île et qui étaient soudoyées par C*** ; considérant en outre qu'on pouvait le blâmer de permettre que les Anglais restassent en possession d'une île si près de Naples, résolut de s'en emparer par un coup de main. Les préparatifs se firent avec vigueur. Ce fut alors que Suzzarelli et ses associés trouvèrent le secret de persuader à sir Hudson Lowe qu'ils étaient destinés contre l'île de Ponza.

Tout étant préparé, on tint conseil de ministres peu de temps avant l'attaque. Quelques personnes désiraient que Suzzarelli continuât à tromper sir Hudson jusqu'à la fin (1). Mais l'un d'eux fut d'un avis contraire : il fit observer que la réussite de cette attaque était incertaine, et que si elle venait à échouer, le colonel Lowe s'apercevrait qu'il avait été trompé par Suzzarelli, et lui retirerait sa confiance.

Il pensa donc qu'on ferait bien, pour prévenir cet inconvénient, de permette à Suzzarelli d'avertir sir Hudson Lowe de la destination réelle de l'expédition, quelques heures avant qu'elle ne mît à la voile; que, jusqu'à ce moment, Suzzarelli devait continuer à le persuader qu'on en voulait à Ponza; en sorte que, quelque fût l'événement, il ne pût être compromis. On avait besoin d'un grand nombre d'échelles pour l'assaut, et il paraissait difficile de les faire confectionner sans que sir Hudson Lowe en eût connaissance; que, s'il en était averti, on tomberait dans le double inconvénient de compromettre Suzzarelli et d'indi-

(1) Ce fait fut rapporté, en 1819, par le ministre lui-même ; mais je m'abstiendrai de citer son nom, pour des raisons qu'on peut aisément deviner.

quer tout d'un conp le vrai but de l'expédition. Cela parut d'abord une difficulté insurmontable. Cependant la personne dont nous svons déjà parlé, suggéra un expédient ingénieux qui atteignit parfaitement le but. Le jour qui précéda celui indiqué pour l'attaque, la police ordonna à tous les hommes chargés d'allumer les réverbères de la ville de se réunir le jour suivant, à une certaine heure, avec leurs échelles. Pendant la même nuit, Suzzarelli prévint à la hâte Lowe que l'île serait attaquée le lendemain; il joignit même une copie de la proclamation qui serait faite aux troupes. On pensa que ce renseignement tardif ne servirait qu'à augmenter la confusion parmi la garnison. L'expédition, consistant en seize à dix-huit cents hommes, sous les ordres du général Lamarque, mit à la voile de la baie de Naples, le 4 ou 5 octobre, et arriva sous les rocs de Capri, sans avoir été inquaiété par l'escadre anglaise, qui, supposant que c'était contre Ponza qu'était dirigée l'attaque, veillait à la défense de cette île. Capri avait une garnison composée du régiment royal Corse, du régiment royal de Malte, et de quelque artillerie anglaise. Il n'est peut-être pas dans le monde une île qui présente plus d'obstacles naturels à surmonter, pour être emportée d'emblée. Les neuf dixièmes de sa circonférence consistent en rocs escarpés et perpendiculaires, qui s'élèvent à plusienrs centaines de pieds au-dessus de la mer. Tous les lieux abordables sont fortifiés, et on avait mis en batterie quarante pièces de canon dans les forts.

Les Français débarquèrent, malgré tous ces obstacles de la nature et de l'art. Dans quelques endroits, ils furent obligés de franchir les précipices à l'aide d'échelles posées sur des bateaux vacillans. Le régiment royal de Malte, soit qu'il ait été corrompu par le champion Suzzarelli, posa les armes et refusa de combattre. Les soldats furent faits prisonniers malgré les efforts de leurs officiers, dont plusieurs périrent avec le commandant du régimens. De cette manière, on enleva les forts Sainte-Barbe et Ana. Capri, qui forment la sommité de l'île. Le seul chemin de communication qui existe entre Capri et la citadelle et les forts où étaient sir Hudson et la garnison, consiste en un escalier de quatre à cinq marches, sur lequel, en plusieurs endroits, une personne seulement peut monter ou descendre. Cet escalier était défendu par plusieurs pièces de canon. Malgré cela, les troupes françaises firent l'attaque, réussirent et investirent la ville. On attela cinquanie hommes à quelques pièces de vingt-quatre, et en une nuit on les hissa sur le haut du Mont Solaro, le point le plus élevé d'Ana Capri, et qui commande la citadelle. Pendant toute la durée de son commandement, sir Hudson Lowe avait négligé de fortifier ce côté, croyant bien qu'il était impossible de faire passer des pièces de gros calibre sur les côtés escarpés de la montagne. On éleva des batteries en face de la citadelle pour la foudroyer; et d'autres, qu'on garnit de fourneaux pour chauffer les boulets, furent placées le long de la baie, afin de se défendre contre l'escadre et contre la flotille anglaise, qu'on voyait s'approcher du côté de Ponza. On envoya aussi de Naples quelques renforts que l'on débarqua près de Tibernis's-Bath, en sorte qu'en peu de jours sir Hudson Lowe capitula et rendit aux Français l'île, les forts, l'artillerie, la munition et les magasins.

On appelait ordinairement Capri le Gibraltar de Naples, et les obstacles qui semblaient s'opposer à ce que l'on s'en emparât, et même à ce qu'on pût y débarquer, étaient tels, que Salicetti, lorsqu'il visita l'île après sa prise, ne put s'empêcher de s'écrier : « *J'y ai trouvé des Français, mais je ne puis pas croire qu'ils y soient entrés.* »

Quand l'expédition, commandée par le lieutenant-général sir John Stnart et par l'amiral Freemantle, composée d'environ dix-huit à dix-neuf mille hommes, quitta la Sicile en 1809, l'avis de l'amiral était d'abord que l'on débarquât entre Portici et Castellamare, et qu'on attaquât immédiatement la ville de Naples.

Sir Hudson Lowe était avec l'armée. On consulta Suzzarelli. Son opinion fut que les Anglais devaient, au préalable, en s'emparant des îles d'Ischia et de Procida, s'assurer un point d'appui qui facilitât toute retraite en cas d'événement, après quoi ils débarqueraient à Baja, dont la garnison, disait-il, était commandée par un colonel corse de ses parens, qui, pour une certaine somme, et avec l'assurance d'obtenir le même rang dans l'armée anglaise, livreraient la place après avoir fait une feinte résistance. Il ajoutait que, pendant ce temps là, le parti anglais, et celui de Ferdinand, combineraient leurs plans pour les aider et rassembler les partisans. On suivit malheureusement ce conseil. Il n'y avait alors que quatre mille hommes dans la ville de Naples; un pareil nombre de troupes françaises étaient en marche vers l'Allemagne; c'était un peu avant la bataille de Wagram.

On avait ordonné aux troupes qui étaient dans la ville, si les Anglais tentaient un débarquement, de la quitter et de se retirer au fort Saint-Elme, pour y rester jusqu'à ce qu'elles fussent secourues. Elles avaient également reçu l'ordre de faire feu sur la ville de Naples, si les Anglais s'en emparaient. Le trésor, tout le bagage du roi et de la reine, les bijoux de la couronne, beaucoup d'objets précieux, étaient empaquetés, ainsi que d'autres effets appartenant aux principaux personnages de la cour, et tout était pret à partir au moment ou les Anglais effectueraient leur débarquement. On n'aurait fait que peu ou point de résistance. Il y avait diverses frégates et un vaisseau de soixante-quatorze sur le chantier, d'immenses magasins, deux à trois cents bâtimens marchands, et une flotille considérable : tout cela serait devenu la proie des Anglais; attendu que Murat ne voulait pas compromettre la ville, en essayant une défense inutile. Salicetti était à Rome à la première apparition des Anglais. Murat perdait la tête, ne pensait qu'à sauver ses trésors.

Mais la reine, qui avait plus de fermeté et de talent que son mari, envoya Cipriani avec une note à Salicetti, le priant de revenir à Naples sans perdre de temps, que le roi n'était pas en état de donner des ordres, qu'enfin tout dépendait de sa présence. Cipriani cacha cette lettre dans la semelle de sa botte; et après avoir éprouvé quelque difficulté et n'être échappé que par hasard aux brigands qui se trouvaient près de Tarracina, il parvint à Rome. S'il réussissait à ramener Salicetti, il devait revenir avec la plus grande promptitude à Naples, et dans un lieu convenu, près de l'entrée de la ville, tirer son mouchoir et paraître s'essuyer le front; sinon il devait continuer sa route. Il vit Salicetti vers les deux heures du matin, et lui communiqua toute l'affaire. Salicetti, après avoir lu la lettre de la reine, demanda ce que faisaient Suzzarelli et Maresca-Cipriani répondit « qu'ils étaient à Naples et s'efforçaient de persuader aux généraux anglais de ne point débarquer entre Portici et Castellamare, mais d'attaquer Ischia. — Bravo, Suzzarelli! s'écria Salicetti, ils sont perdus; mais s'ils débarquent entre Portici et Castellamare, c'est nous qui le sommes ». Salicetti envoya en avant Cipriani, qui revint à Naples avec une célérité dont on n'avait pas encore eu d'exemple, et qui fit le signal convenu.

Il fut bientôt suivi par Salicetti; qui, à son arrivée, trouva les chevaux scellés, le roi lui-même dans la rue, et sur le point d'abandonner la ville à sa destinée, Salicetti, d'un ton brusque, dit à Murat qu'il ne méritait pas d'être roi s'il ne défendait pas son peuple, et finit par l'assurer qu'il allait tout diriger au nom de Napoléon, s'il n'adoptait pas des mesures de défense. Murat, confus, rentra dans son palais, et sur-le-champ on rappela les troupes de l'intérieur et celles qui étaient en marche pour l'Allemagne.

On fit venir le quatrième régiment de dragons de l'Abbruzze, et l'on prit toutes les mesures nécessaires. On plaça du canon dans les rues. Les artilleurs, la mêche allumée, reçurent publiquement l'ordre de faire feu sur le petit rassemblement du peuple. Saliceiti envoya chercher ceux qu'il regardait comme suspects, il leur dit qu'il ne pouvait se fier à leur simple parole de rester tranquilles et ne se mêler en rien de ce qui allait avoir lieu. Il finit en leur demandant, d'un ton grave, quelle garantie ils pouvaient lui donner de leur conduite. Étonnés de cette façon d'agir, ils demandèrent, après quelques instans d'hésitation, qu'on les mît dans un fort, jusqu'à ce que tout fût terminé, ce qui fut exécuté sur le-champ.- Tandis que Salicetti agissait publiquement de cette manière, et qu'il ordonnait qu'on fît usage de tous les moyens de défense ponr encourager ceux qui étaient fièles et effrayer les mécontens, il avait en même temps renouvelé l'ordre que si les Anglais débarquaient, les troupes eussent à évaquer la ville et à se retirer dans les forts, jasqu'à ce que des forces suffisantes fussent revenues de l'intérieur, et que la chance offrît quelque apparence de succès. On parvint en trois jours à réunir une force respectable, et toutes craintes cessèrent.

Salicetti était républicain par principes, et il aurait concouru à l'établiseement de ce gouvernement en Italie, s'il y eût eu quelque propabilité qu'il s'y maintînt. Il mourut quelques heures après avoir dîné avec un de ses ennemis, avec qui il s'était réconcilié, ce qui donna lieu de supposer qu'il avait été empoisonné.

Cependant les opinions furent, à cette époque, partagées à cet égard. Les médecins français attestèrent le fait, tandis que les Italiens le nièrent : on ne découvrit aucune trace de poison à l'ouverture du corps. Quand Napoléon apprit la mort de Salicetti, il s'écria : *Seul, il valait une armée de cent mille hommes !*

Des détails que l'on vient de lire ont été confirmés par l'un des ministres qui étaient alors auprès du roi Murat, et l'existence des lettres de sir Hudson Lowe à Suzzarelli est prouvée. Napoléon, à qui je fis part de quelques-unes de ces circonstances, me dit, en outre, qu'il était instruit de la manière dont nous étions trahis par nos espions à Naples; et il ajonta que Cipriani, qui avait été un des principaux agens, me fournirait, si je le désirais, de plus amples renseignemens. Il a fait la remarque que les Français étant catholiques romains, avaient un avantage sur nous, qu'ils puisaient dans leur religion même, parce que les espions italiens étaient tentés de croire que non-seulement il était inutile de remplir leur engagement avec des hérétiques, mais encore qu'ils croyaient faire un acte méritoire en leur manquant de parole.

IMPRIMERIE DE VIGOR RÉNAUDIERE,
RUE DES SAINTS-PÈRES, N°. 10.

www.ingramcontent.com/pod-product-compliance
Ingram Content Group UK Ltd.
Pitfield, Milton Keynes, MK11 3LW, UK
UKHW020455230726
13925UKWH00005B/1958